Read, Color & Remember

CHILDLIKE, BUT IMPORTANT

A Book For Children

Прочитай, Разукрась и Запомни

ПО-ДЕТСКИ НО ВАЖНОЕ

Книга Для Детей

Each poem has a number linked on the site Stihi.ru
Каждый стих имеет номер зашиты на сайте Стихи.ру

Nikolay Chubenko
Nikolay1967@hotmail.com

Acknowledgements

Many thanks to the Spokane Poets Club, Washington, USA, and personally to Olga Shafran and Anatoliy Khashchuk for participating in the editing of the poems.

Special thanks to Vitaliy and Olena Boyko for providing beautiful children's drawings and assistance in the design of this book. Special thanks to Yakov Vasilyevich Buzinny for personally inspiring the writing of this book.

There are no words to express my gratitude to my wife, Tatyana. She not only created an atmosphere of calm for me but also suggested ideas relevant to children, and my task was to express these ideas in poetic form.

Talents are gifts from above, so all glory and thanks to God for ensuring that this talent is not buried but bears fruit.

Благодарность

Большое спасибо клубу поэтов города Спокен, Вашингтон, США, и лично Ольге Шафран и Анатолию Хащук за то, что принимали участие в корректировке стихов.

Также большая благодарность Виталию и Олене Бойко за предоставленные детские рисунки и помощь в оформлении данной книги. Особое спасибо Якову Васильевичу Бузинному за то, что лично вдохновил на написание книги.

Нет слов выразить благодарность жене Татьяне. Она не просто создавала атмосферу спокойствия для меня, но и предлагала идеи, актуальные для детей, а моей задачей было эти идеи выразить в стихотворной форме.

Таланты дарованы свыше, поэтому слава и благодарность Богу за то, что этот талант не закопан, но приносит плод.

From The Author

Positive information forms positive thinking, while negative information forms negative thinking. Throughout life, the flow of information is impossible to stop, although it can be sorted. However, the responsibility for selecting the information that reaches our children lies with us, the adults.

Distinguishing the useful from the harmful, the good from the bad, the necessary from the unnecessary, the positive from the negative can only be done by those who have established boundaries in their minds. Boundaries keep people from permissiveness, but if there are no boundaries, then blurred morals, withered conscience, and trouble are not far off.

This book contains a unique positive force for the positive development of a child. Children are the future of our planet and, strangely enough, it is we who are responsible for forming subconscious thinking in our children.

This material is simply a gift from above, presented in an accessible form for perception and unobtrusive involvement of the child in real-life situations.

The book touches on three senses for better memory retention of information: heard, saw, and sketched.

От Автора

Позитивная информация формирует позитивное мышление, негативная же - негативное мышление. На протяжении жизни информационный поток невозможно остановить, хотя его можно сортировать. Но ответственность за отбор информации, поступающей к нашим детям, лежит на нас взрослых.

Отличить полезное от вредного, доброе от злого, нужное от ненужного, позитивное от негативного могут только те, которые утвердили границы в своем разуме. Границы удерживают людей от вседозволенности, но если границы нет, то размыто мораль, сожжена совесть и беда для таковых не за горами.

Данная книга содержит уникальную, позитивную силу, для положительного созидания ребенка. Дети – будущее нашей планеты и, как это ни странно, но именно мы ответственны за формирование подсознательного мышления в наших детях.

Данный материал – это просто дар свыше, облечённый в доступную форму восприятия и навязчивого вовлечение ребенка в реальные жизненные случаи.

Книга затрагивает три чувства для лучшего запоминания информации, это: услышал, увидел и зарисовал.

Contents

Содержание

COMMUNICATION

The bananas are ripe on the tree,
Monkeys climb up with glee.
They eat the fruit, not one fight,
Everyone is kind and polite.

ОБЩЕНИЕ

На деревьях поспели бананы
И полезли туда обезьяны.
Много фруктов они поедают,
Но друг друга никто не толкает.

FRIENDSHIP

In the forest, near the trees, animals come to play:
A wolf pup, some foxes, and bunnies every day.
They play and laugh a lot, having so much fun,
But best of all, they're friends! They never fight with anyone.

ДРУЖБА

В лесу на опушке собрались зверята -
Волчонок, лисички, смешные зайчата -
Играют, резвятся и громко смеются,
Но главное - дружба! Они не дерутся.

SAFETY

Ants in the meadow work all day,
Carefully crossing the road on their way.
They look to make sure the path is clear,
Then they cross without any fear.

БЕЗОПАСНОСТЬ

Муравьи на поляне работают много.
Осторожно они переходят дорогу,
Убедившись, что нет никого больше тут.
После этого - через дорогу идут.

STOP!

BEST FRIEND

A boy broke his pencil, what a fix!
But his big brother knows all the tricks.
His best friend, his brother so dear,
Always helps and is always near.

ЛУЧШИЙ ДРУГ

Поломал карандашик мальчишка,
Но исправить проблему поможет
Лучший друг - это старший братишка.
Он надежный, и он всех дороже.

Д
Б
А
В
Г
О
Р
С

JUMP TOGETHER

The bananas are ripe on the tree,
Monkeys climb up with glee.
They eat the fruit, not one fight,
Everyone is kind and polite.

ДРУЖНО СКАЧЕМ

Скакалками крутят девчонки,
И все они словно сестренки.
Никто никого не толкает -
С любовью друг дружку меняют.

CLEAN AND TIDY

Mom picks up the broom,
Sweeps away the spider's room.
Even in a house so small,
There's no place for spiders at all.

ЧИСТОТА И ПОРЯДОК

Мама веник подняла,
Паутину собрала.
Даже в доме бедняка
Места нет для паука.

WE LOVE CLEANLINESS

We can fight the dust and grime
By mopping with water each time.
The house will smell so sweet and glad,
And it will make our dad so glad.

ЛЮБИМ ПОРЯДОК

Можно с пылью побороться
Пол помыв водой с колодца.
В доме будет аромат,
Папа будет очень рад.

CARING FOR MY SISTER

I love to go fishing,
But my sister starts wishing.
I take her with me, it's understood,
Together, we're a team for good.

ЗАБОТА О СЕСТРИЧКЕ

Я любитель порыбачить,
А сестренка сильно плачет.
Я беру ее с собой -
Не разлить нас и водой.

ON THE ROAD

Five chicks at the crossing go,
Riding in a cart so slow.
They let others pass, so polite,
Not bothering anyone in sight.

НА ДОРОГЕ

Пять цыплят на перекрестке
Проезжают на повозке.
Всем дорогу уступают,
Никого не обижают.

NIGHTINGALE

The nightingale sings a song,
Bringing joy all day long.
Wherever it may fly away,
Everyone hopes it will stay and play.

СОЛОВЕЙ

Песню соловей поет,
Всюду радость он несет
И, куда б ни полетел,
Каждый ждет, чтоб он запел.

HELP THE OLD ONE

An old bug crosses the street so slow,
He needs help, that's what we know.
A grasshopper hops to lend a hand,
Always helps old bugs across the land.

ПОМОГИ СТАРИКУ

Старый жук переходит дорогу.
Он нуждается сильно в подмоге.
И на помощь кузнец прискакал -
Он всегда старикам помогал.

HELP THE SICK ONE

A chick slipped on a stone, oh no!
Helpless and hurt, feeling low.
No one likes to see him in pain,
Everyone rushes to help again.

ПОМОГИ БОЛЬНОМУ

Поскользнулся о камень цыпленок -
Он беспомощный чей-то ребенок.
Но никто катастрофе не рад.
Все на помощь к цыпленку спешат.

NEVER LEAVE FRIENDS BEHIND

A cat scratched her fluffy paw,
It hurt so much, poor little claw.
A true friend, the sparrow flew,
To help her, as good friends do.

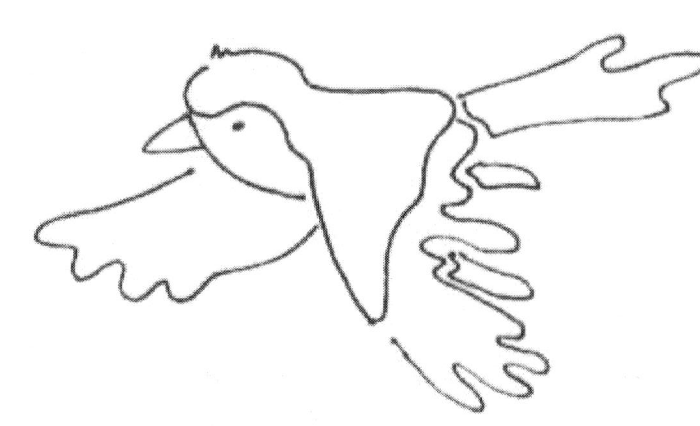

ДРУЗЕЙ НЕ ОСТАВЛЯЮТ

Поцарапала веточкой кошка
Очень сильно пушистую ножку.
И на помощь спешит к ней скорей
Настоящий дружок-воробей.

A HARD QUESTION

A hippo's puzzled, thinking a lot,
He just can't understand or plot:
How did a bear and a lamb, so free,
Become friends with a foal, so easily?

ТЯЖЕЛАЯ ЗАДАЧА

Озадачен бегемот
И никак он не поймет:
Как смогли медведь с ягненком
Подружиться с жеребенком?

IN GRANDPA'S GARDEN

They grabbed their baskets with great cheer,
Off to find raspberries far and near.
Kids don't break the branches down,
They pick the berries gently all around.

У ДЕДА В ОГОРОДЕ

Взяли в руки все корзины
И пошли искать малину.
Дети ветки не ломают,
Очень нежно собирают.

DON'T FORGET A FRIEND

Birds are talking in the trees:
"We are brothers, sisters, all with ease.
We'll live together, happy and free,
And never forget our friends, you see."

НЕ ЗАБУДЬ ДРУГА

Разговаривают птички:
«Все мы - братики, сестрички.
Жить мы вместе дружно будем
И друг друга не забудем».

HELP SOMEONE IN NEED

Owls got lost in the field,
Almost ready to cry and yield.
A parrot didn't leave them alone,
He guided them safely back home.

ПОМОГИ ТОМУ, КТО В БЕДЕ

Заблудились в поле совы
И расплакаться готовы.
Попугай их не оставил,
К дому в путь он их направил.

TAKING CARE OF YOURSELF

To live a long, long time, you see,
Love sports from when you're little, like me.
Brush your teeth every morning bright,
And don't pout at Mom, it's not right.

ЗАБОТА О СЕБЕ

Чтобы долго-долго жить
Нужно с детства спорт любить.
Нужно утром чистить зубы
И не дуть на маму губы.

CLEANLINESS IS HEALTH

The sun is rising high,
The kitty opens his eye.
He loves to bathe with soap,
And never does he mope.

ЧИСТОТА - ЭТО ЗДОРОВЬЕ

Солнце поднимается,
Котик просыпается.
Любит с мылом мыться
И ничуть не злится.

ЗАБОТА О ЗУБКАХ

Маму тянет бегемотик:
«Где у червячонка ротик.
Наши зубки видеть можно,
Мы их чистим осторожно.

CARING FOR TEETH

The little hippo pulls on Mom's dress:
"Where's the worm's mouth, can you guess?
We can see our teeth so bright,
We brush them gently every night."

SOAP IS OUR FRIEND

To wash the germs away,
Don't be shy with soap today.
We'll lather up once, twice, and then some more,
So the germs will run right out the door.

МЫЛО - НАШ ДРУГ

Чтоб бактерия уплыла,
Не жалейте, братцы, мыла.
Мы намылимся не раз -
Убегут пусть все от нас.

DREAMERS

A plane flies by, and kids watch with delight,
Dreaming of flying so high in the sky.
"One day we'll grow up, and maybe we'll be,
Pilots together, just wait and see."

МЕЧТАТЕЛИ

Летит самолет, а за ним наблюдают
Ребята в тени, о полетах мечтают:
«Когда-то мы вырастим взрослыми тоже
И станем пилотами вместе, быть может».

NEED TO BE FRIENDS

In the meadow by the tree,
Sit dragonflies, happy and free.
Talking together, being kind,
No need to argue, peace they find.

НУЖНО ДРУЖИТЬ

На поляне под березой
На траве сидят стрекозы.
Разговаривают дружно -
Спорить им совсем не нужно

ИГРАЕМ ВМЕСТЕ

Натянули мышки сетку,
Сделали с листвы ракетки.
Из травинок мяч связали,
Дружно все мячом играли.

LET'S PLAY TOGETHER

The mice put up a net,
Made rackets from leaves, you bet.
A ball of grass they tied with care,
And played together, friends everywhere.

SUMMER

Summer brings nature's special delight:
So many flowers, a colorful sight!
For birds, it's the best time of year,
And for bugs and spiders, it's clear.

ЛЕТО

Необычная летом природа:
Изобилие разных цветов!
И для птиц лучше нет время года,
И для разных жучков, паучков.

SNOWSTORM

Snow piled high on the roof so white,
The horse breathes steam in the chilly night.
The bunnies have fun, so full of cheer,
They love to sled when winter is here.

МЕТЕЛЬ

Снега намело на крышу,
Лошадь паром сильно дышит.
А зайчата веселятся,
Любят в саночках кататься.

ACROBATS

On the fence, a cat sits still,
Watching his tail with a will.
In the yard, the mice play,
Jumping like acrobats all day.

АКРОБАТЫ

На заборе кот сидит
И на хвостик свой глядит.
А на улице мышата
Скачут, словно акробаты.

DON'T WAKE UP

Chicks were pecking at some grain,
While their moms watched in the lane:
To keep it peaceful, without a fight,
And not wake the dog sleeping tight.

НЕ БУДИ

Цыплята зернышки клевали,
За ними мамы наблюдали:
Чтоб было мирно и без драки,
Чтоб не нарушить сон собаки.

ШАРИК

BEE FRIENDSHIP

Bees don’t fly without a task,
They work hard, no need to ask.
Their friendship is strong and true,
And scares off enemies, too.

ПЧЕЛИНАЯ ДРУЖБА

Без дела пчелы не летают,
Они усталости не знают.
Их дружба страх на всех наводит,
И враг их стороной обходит.

CAROUSEL

I sit on a plane, so high,
And my friend rides a hippo nearby.
It's really a wonderful sight to see,
As we ride on the carousel, so free.

КАРУСЕЛЬ

Я сижу на самолете,
А мой друг - на бегемоте.
Это чудо в самом деле:
Едем мы на карусели.

ДРУЖБА СООТВЕТСТВИЯ

Черепахе с бегемотом
Быстро бегать не охота.
А друзья у антилопы,
Те, кто бегают голопом

FRIENDSHIP MATCH

A turtle and a hippo prefer to walk slow,
Running fast is not where they go.
But the antelope’s friends, they love to race,
Galloping swiftly, they set the pace.

RAIN AND SUN

If the sky is crying rain,
The harvest will be richer again.
But if the sun shines bright and clear,
Play with the ball, children, cheer!

ДОЖДЬ И СОЛНЦЕ

Если с неба дождик плачет,
Будет урожай богаче.
Ну, а если солнце светит,
То играйте в мячик, дети!

SLEDS

Children love in winter's snow,
Riding sleds, all in a row.
Lots of laughter, lots of cheer,
Winter fun is truly here!

САНОЧКИ

Любят дети, чтоб зимой
Все на санках, все гурьбой.
Много шума, много смеха -
Настоящая потеха!

KITTEN AND DUCKLING

From the window, mama cat
Watches her kitten, where he's at.
He's made friends with a duckling small,
Mama's happy for them all.

КОТЕНОК И УТЕНОК

За котенком из окошка
Наблюдает мама-кошка.
Подружился он с утенком -
Мама рада за котенка.

GIFT FOR MOM

Daisies bloom in the meadow bright,
The sun gives them warmth and light.
Children come to weave some crowns,
A gift for Mom that knows no bounds.

ПОДАРОК МАМЕ

Ромашки цветут на поляне.
Им солнышко дарит тепло.
Веночки сплести, чтобы маме,
Немало детишек пришло.

DOCTOR

Our pear tree isn't feeling well,
But who will help? Can you tell?
A doctor is needed without delay,
He's flying to her right away.
Who is he? (A woodpecker).

ДОКТОР

Болеет наша груша,
Но кто поможет ей?
Ей доктор очень нужен,
Летит он к ней скорей.
Кто он? (Дятел)

KIND HEARTS

Parrots fly through the city all day,
Collecting things in bags along the way.
They place the bags on a cart so neat,
Bringing gifts to orphans, a special treat.

НЕРАВНОДУШНЫЕ

По городу днем попугаи летают,
И что-то в мешочки они собирают.
А после мешочки на тачку кладут
И к сиротам эти подарки везут.

PEACE AND QUIET

A tiger cub plays with a lamb so small,
A duckling walks slowly, not hurried at all.
A child watches them without any fear,
For the child's heart is brave and clear.

МИР И ПОКОЙ

С ягненком играет тигренок,
Утенок идет не спеша.
И их не боится ребенок -
Бесстрашна ребенка душа.

ROOSTER

Who shouts COCK-A-DOODLE-DOO?
He doesn't nap in the afternoon.
He has a comb upon his head.
It's Petey the rooster, bright and red.

ПЕТУШОК

Кто кричит КУ-КА-РЕ-КУ?
Днем не спит он на боку.
Он имеет гребешок.
Это - Петя-петушок.

КОРМИЛИЦА НАША

У коровы - молоко.
С молока - сметана.
Без коровы нелегко
Было б папе с мамой.

OUR PROVIDER

From the cow comes milk so fine,
From the milk, we get sour cream divine.
Without the cow, it would be hard, you see,
For Mom and Dad, and for me.

МОЛОКО

GARDEN

We planted potatoes in the yard,
Dad and I, working hard.
Together we brought water, too,
So the plants can have a drink or two.

ОГОРОД

Посадили в огороде
С папой мы картошку.
Натаскали вместе воду -
Пусть попьют немножко.

LOVE FOR MOM

Little mice help their mom,
Brave and strong, they stay calm.
They pull the chair with all their might,
Just like soldiers, day and night.

ЛЮБОВЬ К МАМЕ

Помогают мышке-маме
Смело малышата:
Тянут дружно кресло сами,
Точно как солдаты.

HIPPOPOTAMUS

A hippo opens wide his jaws,
A big, wide mouth without a pause.
To protect his skin from the sun's glare,
He needs cool water, everywhere.

БЕГЕМОТ

Открывает бегемот
Широко большой свой рот.
Но спасти от солнца кожу
Он в водичке только может.

OBEDIENCE

Our donkey is handsome and bright,
He grows strong and healthy, all right.
He loves to eat his porridge each day,
And listens to his parents, in every way.

ПОСЛУШАНИЕ

Наш ослик красивый, веселый.
Он крепким растет и здоровым.
Он кашу любитель покушать
И любит родителей слушать.

HARD WORK

Two squirrels sat in a tree so high,
Watching an old hedgehog passing by.
The hedgehog didn't mind them at all,
He gathered apples and walked home tall.

ТРУДОЛЮБИЕ

На дереве елке две белки сидели,
На старого ежика сверху глядели.
До них у ежа никакого нет дела,
Он яблок набрал и шагает в дом смело.

CARING FOR OTHERS

Magpies fly straight to the trees,
Calling their friends with ease.
From below, they see a bear,
Teaching forest animals to sing with care.

ЗАБОТА О ДРУГИХ

Летят прямо к елкам сороки.
Зовут тех сорок - белобоки.
Им видно, как снизу медведь
Зверюшек лесных учит петь.

НЕУСТАННЫЕ

Муравьи неустанно в работе,
Отдыхать вовсе им не охота.
И они помогают друг другу,
Чтоб успеть запастись им до вьюги.

TIRELESS

Ants are tireless in their quest,
They don't want to take a rest.
They help each other all day long,
To stock up before the snow is strong.

TOGETHER

Sister and brother played with a ball,
The dog and the cat watched them all.
In the chair, the mice sat in a crowd,
They felt so happy, cheerful, and proud.

КОЛЛЕКТИВ

Сестричка и братик играли мячом.
За ними смотрели собачка с котом.
А в кресле сидели мышата гурьбой.
Приятно им быть в обстановке такой.

JOY

Sparrows fly and sing all day,
Chirping in their happy way.
In their flock, you'll always find,
A place that's warm and kind.

ВЕСЕЛЬЕ

Воробушки летают,
Чирикают, поют.
И в воробьиной стае
Любой найдет приют.

EFFORT LIFTS UP - LAZINESS HOLDS DOWN

Little doves, hurry along,
Flap your wings, be strong.
If you keep on flapping high,
Soon you'll soar into the sky!

ТРУД ПОДНИМАЕТ - ЛЕНЬ ОПУСКАЕТ

Голубята! Поспешите,
Крыльями сильней машите.
Если будете махать,
Скоро сможете летать!

Made in the USA
Columbia, SC
08 April 2025